KB248478

꽃은 왜 별을 닮았을까

꽃은 왜 별을 닮았을까

초판 1쇄 2012년 9월 24일
지은이 류인성
펴낸이 김영재
펴낸곳 책만드는집

주소 서울 마포구 합정동 428-49번지 4층 (121-887)
전화 3142-1585·6
팩스 336-8908
전자우편 chaekjip@naver.com
출판등록 1994년 1월 13일 제10-927호

ISBN 978-89-7944-410-0 (04810)
ISBN 978-89-7944-354-7 (세트)

류인성 시집

책 만 드 는 집
시인선 027

책만드는집

1부

당신이 그립습니다

일어나자 하며 발 마사지로
아이들 늦잠을 깨우던
일요일 아침이 그립습니다.

커다란 양푼 가득 비벼진 밥에
숟가락 네 개를 꽂고 비빔밥은 같이 먹는 거야 하던
일요일 점심때가 그립습니다.

아버지 시詩 들어봐라 하며
아들 둘을 부르던
일요일 저녁때도 그립습니다.

당신이 많이 그립습니다.

영원하소서

마디마디 슬픔 밴 뼈
이제는
고운 흙 되어
이 세상 따뜻하게 하소서.

하얗던 살
이제는
맑은 물 되어
넘치지 않는 바다 되소서.

외로웠던 영혼
이제는
밝은 빛 되어
우리 영혼 비춰보게 하소서.

이제는
영원하소서.

다시 가을이 되었습니다.
파란 하늘로 밝은 빛으로 우리 곁에 있는 당신께
시집을 올립니다.

시집을 만드는 데 처음부터 끝까지 투명한 감각으로 살펴
주신 시인 김성춘 선생님께 깊은 감사 올립니다.
시인 김영재 책만드는집 사장님 감사합니다.
꼼꼼하고 세심하게 교정을 살펴주신 이성희 실장님 감사
합니다.
마음 다해 지원해주신 아주버님, 가족 모두께 감사 올립
니다.
변함없이 안부를 물어주시는 모든 친구분들께 감사드립
니다.

−2012년 9월
아내 이미숙

1부

극락조

극락조
흐느껴 우는 밤
내 눈물
강물 되어 흘러
허허바다에 닿아
파도도 어쩌지 못하는
침묵이 되다

나는 그리워한다

나는 그리워한다
지구 반대편에서 태어나
낯모르게 살다 죽어간 사람들을

나는 그리워한다
고개를 하늘 향해 쳐들고
최초로 하늘의 별을 본 사람들을

내 영혼 속에 있으면서
언제나 내 생명 울려 깨우는
어떤 이의 음성이 기꺼워, 기꺼워서

나는 또 그리워한다

열대우림을 두 발로
뚜벅뚜벅
걸어 나온 최초의 영장류를 그리워하듯

그 영장류가
이끌리던
최초의 우주적인 소명을 그리워하듯

과거와 미래,
이어지는 영원 위의 사람들
우주의 화음에 귀 기울이는 사람들을

일락처日落處에 가거든

갈 길 먼 나그네여

서산을 향해 가면

한층 빨리

석양을 만나게 되리니

마지막 빛으로 하늘

적시고 가는 해님을 붙잡고

참사람으로 사는 길

물어보시게, 갖은 애집愛執

이제 다 내려놓고

지천명

이런 날 올 줄 알았다
당신을 사랑하기에
너무 늦어버린
나를 용서하기에
너무 늦어버린
이런 날 올 줄 알았다
하늘의 복덕방에 들러
복福도 덕德도
모두 덧없음을 알게
되는 날
이런 날 올 줄 알았다

내가 눈이 되어 내린다면

내가 눈이 되어 내린다면
굳이 첫눈이 아니어도 좋다
눈 오는 반가운 소식일랑
왁자하게 전하려 말고
깊은 밤 고적한 걸음으로
인적 없는 산골 개응달에
처녀의 곳에 내려나 덮여

이듬해 봄까지
하염없이 얼어 있다가
문득 한 날 내 몸
허물어 오르는 복수초福壽草나
노루귀의 은근한 숨결 닿으면
그제야 슬그머니 슬어
봄물로 흐르고 흐르다가

남쪽에서 온 바람의 무리

이제 한결 호기로운

꽃단풍나무 숲을 만나면

겨우내 조잔凋殘해 있는

마른 잎사귀들 털어내고

사계절토록 붉게만 출렁일

뜨거운 잎사귀 되어도 좋다

친구의 죽음

휴대전화 문자 메시지
네 줄로 남은
친구의 죽음
전화기 안에서는 이제
어떤 목소리도 들려오지 않고
새벽 강 그득한 고요로만
시간은 흘러
오십 년을
아득히 거슬러 흘러가서
다시는 돌아오지 않는다

저물녘 이내 같은
고요만 그득 고여 있다

잠든 늙은 어머니의 노래

북방으로 쫓겨 가듯
떠나는 새 떼를 따라
이제 떠나려 하네
다시 봄 오기 전에
북녘 하늘 어디쯤
밝은 별 하나 멀리 보이는
그곳에서
그들과 내 작별하고
뭇별이 그 별 하나를 향해 들고
더 머물 일 없는 내 영혼
이제 뭇별 하나 되어
돌아가려 하네, 돌아가려 하네
돌아간다는 것은
본디의 곳으로 다시 간다는 것
그래, 본시
나는 작은곰자리의 작은
무리별 중 하나였던가 봐

엎드려 꾼 꿈

여름 긴 날 낮에
책상에 엎드려 잤다
얼굴이 멋대로 구겨졌다
형편없이 구겨진 얼굴로
중학생인 내가
꾼 꿈은 무엇이었을까
그때 엿본
생生의 비밀이란?
이미 다 정해져 버린
내 생의 가장 깊은
비밀은 무엇이었을까?

아침에

아침에
일찌 일어나라고
아들들 채근하는
이유 있다
해가 뜨기 때문에
뜨는 해살이
원기를 채워주기 때문에
작은놈 눈 비비며 치는
피아노 소리
아내도 들어야 하기에

어,

어,
도봉산이 없어졌다
구름을 산이 따라나섰나
산을 구름이 삼켜버렸나
산골짜기에서
구름 피어났으니
순식간에 구름
골짜기에 수직으로 쏟아지고 나면
산은 곧 돌아오겠거니와
그래도, 그래서
어,

여생_{餘生}

회갑回甲이 되면
이윽고 반나마 흰 머리칼
백두白頭가 되면
육십갑자六十甲子 만든 뜻
헤아리리라
이제 한 바퀴 돌아본 길
좀은 찬찬히
지난번 내쳐 오느라
미처 보지 못한 것들과
그때 내 온 곳과
장차 내 가야 할 곳
에둘러 살펴보리라

좀 더 찬찬히

장미

한 사나흘
비바람 세차게 훑고 간

벌 나비들
입을 봉한 유월六月의 정원

꽃잎 죄 떠나보낸
장미는 또 얼마나 홀가분할까?

꽃잎 속에서 속삭이던
우리의 사랑은 가고

그대가 받쳐준 받침대 위로
가지런히 뻗은 덩굴들 아래

떨어진 꽃잎 다 마를 때까지
뒤틀리지 않는 이내 심사

애초에부터 나를 붙잡아준
그대,

받침대여
오 핏빛으로 물든 병든 사랑아!……

왜가리

왜가리 한 마리 터벅터벅
목을 접은 채 차가운 강물 속을 걷고 있었네

왜가리 한 마리 오래도록
목을 접은 채 차가운 강물에 미동 없이 서 있었네

그러구러 하룻낮, 여전히
목을 접은 채 바람 찬 하늘을 날아가고 있었네

솔숲을 지나고 동산을 넘어, 이윽고
먼 하늘 한 점 점이 되어 사라져가고 있었네

까마득한 소실점 속에서
최초 탄생의 한순간으로 녹아들고 있었네

잉태 순간의 원소로
환원되어 무한 허공 속으로 흩어져 가고 있었네

내 영혼마저도 한 줌 재가 되어
태고의 공간 속으로 가뭇없이 돌아가고 있었네

서녘 하늘 양떼구름 속에

속손톱 같은
낮달 하나
그 옆에
다섯 뼘쯤 곁에
여우 별 하나
근심 그득 마주 보고

아롱아롱
꽃구름 하늘
저물녘
저문 바람이 거두어 가면
그제야 도드라지누나
달빛
그 별빛

산중 일기山中日記

억새 지붕 걷어내어
화전火田 일구고
양철 지붕 이던 날
얼마나 기뻤던가
인적 없는 깊은 산중
화전 밭은 또 얼마나
감자를 실하게 품었는지
가으내 겨우내
감자밥에 감자버무리

겨울 산벚나무 아래에서

꽃도 잎도 없어도
좋은 나무 겨울 산벚나무여,

봄이 오면 오죽 좋을까
꽃 피어 다래다래 흐드러지고
바람도 그다지 알맞추 불어와
꽃보라 휘날리는 때 오면
네 무릎 아래 꽃돗자리에
하늘에서 이룬 것같이
뜻 저절로 이루어지는 날
슬며시 그 위에 잠들어
자는 잠에 스르르 죽어져
죽어도 썩지 않고 그대로
이제 그만 다른 세상으로
나를 데려가도 좋을 나무여,

막무가내로 팔을 뻗어 흔들며

하늘 멀리 저 어드메
돌아갈 내 고향 가리키느뇨
가도 좋을 겨울 산벚나무여!

산중 야행山中夜行

달도 별도 없는 밤
그믐에 칠야漆夜에
산굽이 길 걸어가네

어둠에 씻긴 나무들
저마다 해맑은 얼굴
빛 다른 자태 뽐내고

……

나무 이름 헤며 걸어가네
부엉이 우는 밤
산중에 사는 재미일레라

2부

꽃은 왜 별을 닮았을까

하늘에서 외로운 별들이 하나씩
이 땅에 내려와 꽃이 된다는
그 사실 알고 싶어
가을 들판에서 꽃들을 만나다

형형색색의 꽃들, 별처럼
피타고라스 황금비의 별처럼
반짝이지 않다, 다만
겸허히 빛나고 있을 뿐이더라

꽃받침은 초록의 별,
꽃잎은 정금精金의 별
두 개의 별 절묘하게 엇갈려
한 송이 꽃으로 울컥 빛나고 있거니

달맞이꽃

꽃망울

터뜨리기 전부터

달맞이꽃은

온몸으로

밤하늘을

우러르고 있었습니다

가라지, 가라지

가라지
가라지 고이 뽑아놓았으니 이제 그냥 가라지

가라지
가라지 한 번에 짓밟아주었으면 그냥 가라지

가라지
가라지 보고도 다시는 못 본 척 그냥 가라지

가라지
가라지 님께서 늘 가시던 그곳에나 그냥 가라지

가라지
가라지 요 못난 강아지풀이야 버리고 그냥 가라지

너도 나도 바람꽃

너도 나처럼
외로운 계절에는
한 떨기 바람꽃으로 피어
흔들린 적 있었겠지

쫑긋 귀 세우고
하늘 소식 더불은
바람의 노래
기다린 적 있었겠지

멀리 산골짜기에
바람꽃 거세게 일고
세상의 바람꽃
온통 저버리고 지는 풍경 본다면

비와 함께 오는 바람의
노래 듣는다면

손에 손 이제 맞잡고
하늘 가기 우리 좋은 어느 날

꿈 2

언제나
깨어서 꿈꾸는 사람은

낮에도
꿈꾸고 밤에도 꿈꾼다

삶을
꿈꾸면서 죽음을 꿈꾼다

죽음을
꿈꾸면서 영원을 꿈꾼다

언제나
깨어서 꿈꾸는

이 사람,

아침 강변 소묘

강물 위의 새 그림자
강물보다 빠르다
바람 부는 방향으로
풀은 눕고
새 따라 바람은
불어간다
돌을볕에 알롱알롱
는개 부서지는 이슬아침

안개 속에서

안개 속을 걸어가다
뒤돌아보니
나를 부르는 소리

안개에 녹아 흘러라
방울새 청아한
제 짝 부르는 소리

아들들아

양말처럼
너희는 이렇게 살아져라
신발처럼이 아니고
이 발에 신었다가
양말처럼
내일은 저 발에 바꿔 신을 수 있는
꿰 찬 발 위로 덧신을 수도 있는
신발처럼이 아니고
굳어짐이 아니고
너희는 유연해져라
짝짝이 양말처럼
굳어 있는 마음으로가 아니고
덧신은 양말 한 켤레쯤 벗어
누군가의 시린 발 감싸줄 수 있는
너희는 유연한 마음으로 살아져라

입춘 무렵

새벽까지 깨어서
봄 오는 바람 소리 듣습니다
절로 오는 봄 반가이 맞아들이고
절로 가는 봄 기꺼이 보내는 일
그런데 내도록 잠이 오지 않는 것은
내 귀가 남달리 밝아서가 아닙니다
언 강이 녹아 땅이 풀리고
마른 대지 뿌리 촉촉이 적셔주는
비 내리는 즈음까지 지속되는
해마다 이 무렵이면 있는 일입니다

오월의 숲

오월,
연두에서 진초록의 어디쯤에서
빛의 바람 쉴 새 없이 불어오는
인상주의의 숲이여

마네, 모네, 르누아르, 세잔
당신들
진정 한번 그려보시오

장엄한 오케스트라의 바람 속에
숨어 보이지 않는 자의
빛의 손을 한번 그려보시오

잉어처럼 나도 발랄 潑剌

새청 뽑는
목어 木魚 처럼
잉어 뛰는 발랄 潑剌

문득
고개 들면
물무늬 한참

허공에서
물속에서
가슴 깊은 쇠북 소리

하차비下車碑

이제 여기서
모다 내리시기요
오 리쯤 걸어가면
내 주막이 있소
걸러놓은 앉은뱅이 술이 넉넉하고
오래 뜰에 늘어놓은 닭 마리도 풍성하오
진작에 캐다 묻어둔 더덕 근이 실하고
뭣보다도 술을 쳐줄 논다니도 여럿이오
게다가 뜨끈뜨끈 봉놋방이 일품이라오
이제 여기쯤서
모다 내리시기요
산중의 이정표는 믿을 것 못 되지만
하여튼 도회에서 보기 드문
내 주막이 저 산중에 있소

천사를 보았지

의족義足을 신은 천사를 보았지
그 자신 의족을 한 채
절단장애우들 편한 발 만들어주기 위해
전국을 누비는 사나이
하늘은 그를 천사로 부리기 위해
무릎 하나 먼저 빌려 갔으리라

풍장風葬

즐풍목우櫛風沐雨의 오십 평생을
히말라야 설산 그늘에 묻고 오다

묻히면 영원히 썩지 않을 눈사태가
크레바스 속으로 들이닥쳐

신들의 시간,
누억만년累億萬年의 시간 속으로 걸어가더라

윤오월閏五月

무더기로 자라
마늘창槍 끝같이
산발로 흐드러진
윤오월
창포 베어다가
머리 감는 날
저물녘
노을 길다

나도 그처럼

길 담벼락 밑 포도鋪道 위에
말매미 주검 하나
미구未久에 개미 등속等屬에게 뜯어 먹힐
말매미 주검 하나
그러나 아직은
막 세례받은 듯 정결하구나
바라옵건대
나의 일생一生 말매미처럼 이렇게
고스란히 연소되어지기를
고스란히 텅 비어지기를

고향 생각

마름 따던 아이들
다 어디 갔나
뱀장어 유난히 많은
그 호수 어디쯤인가
고향에 돌아가도
이제는 공장들밖에 없고
내 고향은 작업복 입은
낯선 사람들의 차지
갈대꽃 뽑아 방비 만들던
할배들 누워 계신
산마루에 높은 구름
능가菱歌 소리 들리는 듯하네

3부

촛불

이룩되지 못한 꿈

아득히 떠내려가는 장맛비 소리

내 영혼이 꿈꿈함에 촛불 하나 밝혀둡니다

돼지풀

장마 지경에 오랫동안 물에 잠긴 벌판에서

가장 칠칠하게 일어서는 것은

물봉선화와 노란 꽃 핀 천덕꾸러기 돼지풀

첫사랑

가버린 첫사랑 너무 애달파하지 말 일

하나님조차도 첫사랑에 실패하셨나니

뜬금없는 남자와 여자가 어울려 인류는 대를 잇고

전도서

어디를 가도 나를 반기는 것은

바람과 구름과 푸른 하늘, 실체 없는 허상들뿐

평생토록 내 본 것 중 헛되지 않은 것 무엇이랴

세상일

마음 닦은 이 보이질 않고

입보살들만 남아 지지배배

산에 오르는 자들에게 차등差等 분명 있나 보다

답할 수 없는 질문

'나'라는 존재는

도대체 어디에나 쓸모가 있는 것일까?

보혈寶血 그득한 십자가 아래에서 무릎 꿇고 묻노니

별의 소리를 듣다

매미 울음에 청진기 대고

아스라이 어느 은하 어디쯤

내 전생前生과 금생今生이 만나는 별의 소리 듣다

젖먹이

젖먹이가 엄마 품에서

옹알이를 하며

우주의 언어를 말하고 있다

부끄러움

말하지 않아도 마음이 통하던 사람이라

나를 기억하는, 스무 살 자목련紫木蓮 같던 사람

중년에 다시 보니 겉늙은 내 마음 부끄러워라

삶

아이들은 아이들과, 노인들은 노인들끼리

금세 친해진다

삶이라는 짐을 아직 지지 않았거나 이미 내려놓은 까닭

느낌

강江과 산山과 시詩와 도道

생生과 사死는 왠지 한자漢子로 적어야만

그 어감語感이 확 와 닿는다

어둠의 시간

살구나무는 물속 흙에 처박혀야 청아한 목탁木鐸이 되고

대나무도 신적神笛이 되려면

소금물에 잠겨 오랜 어둠의 시간을 보내야 하니라

입산

입산 삼 일째 밤이 되어서야

어두움은

두려움과 하등 상관이 없다는 사실을 알았습니다

구원

절과 교회에는 저토록 믿는 자 많건만

구원받은 자 도대체 누구더냐?

그대 정신 속에 이미 와 계신 신을 왜 만나려 않느뇨

귀뚜라미와 나

전혀 존경스럽지 않은 분이

이번 생生에 좀 먼저 왔노라고 자기를 존경해달란다

밤을 새워 귀뚜라미가 울고 있다

아내의 행서

내 일찍 이번 생生 마감하더라도

남은 소원 하나 있다면

아내의 그림 같은 행서行書로 어쭙잖은 내 시詩 그려보게
하는 것

염소와 번뇌

염소를 몰고 갈 적에

목줄 잡고 앞에서 끌지 마라, 절대 끌려오지 않느니

살살 달래며 뒤서서 가라, 번뇌 또한 그러하니라

호랑거미

내생來生에는

내 한 마리 호랑거미로 태어나

떨어지는 꽃잎 한 장 받아 하루를 먹고 살리라

아버지의 삶

아버지의 희디흰 유골을 수습하며

당신이 얼마나 고결한 삶을 사셨는지 알았네

내 뼈는 또 얼마나 검고 가벼울 것인가

나의 시

씨 떨어져 자란 장독대의 맨드라미

별들의 눈물 떨어져 자라는 코스모스 길

명상적 직관의 부스러기 떨어져 내린 나의 시詩

한 편의 시

소월素月은 오 년에 백오십 수 시詩를 남기고

삼천 수 일생에 쓴 시인 수두룩한데

내 바라는 바 외마디 비명 같은 오직 한 편의 시

어머니

78

위 절제 수술 받은 어머니 고향 집에 두고 떠나네

마당가의 화훼花卉는 훌쩍 시들었는데

어머니 위 다 자라도록 내 근심도 훌쩍 자라리

생일상

우연히도 고향에 돌아와 노모께 생일상 받았네

고등어 넣은 미역된장국에 눈시울 뜨거워라

반백 년 꿈처럼 살았더라, 덤으로 살 반백 년이랴

늙으신 어머니

잡혀 드는 등살 아래 개똥벌레처럼

나는 늙어가고 어머니는 완전히 늙으셨도다

이 순간 늙지 않는 것은 하나님뿐이다

어머니의 정수리

이십오 리가웃 걸어야 닿는 울산장蔚山場

육백 개 계란 이고 다닌 어머니 정수리의 똬리

늙어서는 탈모脫毛의 자리 되었으라

유년

늙어 병드신 어머니의 젖가슴에서

젖 먹던 어린 힘을 보라!

손으로는 한쪽 젖을 주무르던 탐욕의 유년

화전민촌에서

강원도 산중 화전민촌에 살 제

왜 여기 사시냐면?

이웃 영감, 할아버지가 보따리 잘못 풀었다!

꽃 보듯 한평생을

84

"날 봐" "날 봐요!"

영감과 할멈이 서로를 부르는 호칭

꽃 보듯 서로를 바라보다가 한평생을 마치셨다

각시수련꽃

중병의 회복기에 든 어머니와 호숫가 거닐다

각시수련꽃 바라보노라니 그윽하여라

사람 보고 모여드는 잉어들의 등지느러미 수문水紋

팔십 객의 고스톱

팔십 객 넷이 경로당에서 고스톱을 치고 있네

두 순배 판이 돌고 나자 잊어버렸네

누가 선이었는지 말이었는지 가운데 사람도 모르네

| 발문 |

수레가 멈추면 소를 치던, 뜨거운 잎사귀

김성춘 시인 · 동리목월문학관 교학처장

1

류인성! 그는 지금 이 세상에 없다. 2012년 9월 24일이면 벌써 그의 일주기가 된다. 그는 생전에 이미 한 권의 시집, 『별 · 꽃 · 허공』을 낸 시인이었다. 나와 그의 인연은 30년도 훨씬 넘는 세월을 건너뛴다.

내 젊은 30대, 울산학성고등학교 교사 재직 시절, 우리는 사제 간의 인연으로 만났다. 그때 류 군은 대입을 준비하는 학생으로 특별한 기억은 잘 떠오르지 않지만, 차분하면서도 무언가를 늘 사색하는 듯했던 학생으로 떠오른다.

내가 까마득히 잊고 있던 류 군을 다시 만난 것은 2010년

어느 봄날로 기억된다. 뜻밖에 그가 나의 '시 창작 카페' 회원으로 들어왔다. 닉네임이 '수레를 멈추면 소를 치다'였다. 불교 냄새가 담긴 의미심장한 닉네임이었다.

나의 카페 단골손님이 된 그와의 인연은 이렇게 다시 이어졌다. 그는 이미 한 시인으로 시 세계가 깊어져 있었고, 짧은 가편의 시들을 보내오곤 했다. 그의 시들은 때 묻지 않은 맑은 서정성과 감성이 풍부한 시편들이었다.

어떤 땐 편지와 함께 중국서 보내온 보이차 선물도 집으로 보내왔다. 그는 다정다감했다. 그런 어느 날 2011년 가을, 그의 아내로부터 갑작스런 한 통의 전화를 나는 받는다. 류 군이 홀연히…… 심장마비로…… 이승을 하직했다고…….

2

오늘날 우리 시는 변화의 소용돌이 속에 있다. 정보사회의 다양한 흐름 속에서 새로운 변화의 조짐을 보이고 있다. 젊은이들의 시가 더 해체적이고 더 내면적인 환상 쪽으로 흐르는 경향이다. 시가 난삽해지고 기교 쪽으로 치우치고 독자와의 소통이 점점 더 어려워지고 있다. 시가 기교 쪽에 치우쳐 자신만이 아는 무슨 잠꼬대 같은 것을 장황하게 늘어놓고 시라고 자랑하는 세상이 되었다.

소통 부재의 시들이 판을 치는 세상에서 류인성의 시는, 때 묻지 않은 시심으로 맑게 빛난다. 그의 시들은 어구가 쉽고 진솔하고 담백하다. 진솔하고 올곧은 인생관의 한 인간을 그의 시에서 우리는 만난다.

3

먼저 시「내가 눈이 되어 내린다면」을 보자.

내가 눈이 되어 내린다면
굳이 첫눈이 아니어도 좋다
눈 오는 반가운 소식일랑
왁자하게 전하려 말고
깊은 밤 고적한 걸음으로
인적 없는 산골 개울달에
처녀의 곳에 내려나 덮여

이듬해 봄까지
하염없이 얼어 있다가
문득 한 날 내 몸
허물어 오르는 복수초福壽草나

노루귀의 은근한 숨결 닿으면
그제야 슬그머니 슬어
봄물로 흐르고 흐르다가

남쪽에서 온 바람의 무리
이제 한결 호기로운
꽃단풍나무 숲을 만나면
겨우내 조잔凋殘해 있는
마른 잎사귀들 털어내고
사계절토록 붉게만 출렁일
뜨거운 잎사귀 되어도 좋다
　　　―「내가 눈이 되어 내린다면」 전문

　류인성의 시편들을 읽으면 맑고 성실한 한 인간이 떠오른다. 시는 곧 그 사람, 그 삶 자체이기 때문이다. 시 대부분에 일상적인 쉬운 어구와 맑은 서정, 그리고 올곧은 삶의 태도가 보인다. 일상의 삶을 노래하지만 세속에 물들지 않으려는 순정성과 고결함이 보인다.

　"내가 눈이 되어 내린다면 / 굳이 첫눈이 아니어도 좋다"라는 진술 속에 그 인생관이 녹아 있다. 그의 마음에는 언제나 '첫눈' 같은 삶에 대한 설렘과 정갈함이 공존한다. 눈 오는 반가운 소식일랑 왁자하게 전하고 싶지 않다. 그냥 "고적한 걸음으로 / 인적 없는 산골 개웅달에" 내리고 싶어 한다. "개웅달" "처녀의 곳" 그 (맑고 신성한) 곳에 내려 있다가, 이듬해 봄 "복수초福壽草나 / 노루귀의 은근한 숨결 닿으면" 그제야 봄 시냇물로 녹아 흐르다가 "꽃단풍나무 숲을 만나면" 붉게 출렁일 "뜨거운 잎사귀" 하나가 되고 싶어 한다. 순결한 '첫눈'에 자신을 투사해서 자연의 섭리와 자신을 대비시키며, 우주의 기운과 소통하고 있다. 가식이 없고 순정하다. 시인의 마음이다. 순정한 그 마음이 봄에 피는 복수초나 노루귀꽃처럼 아름답다. 왁자한 눈발이 아닌 정갈하면서도 고적한 걸음으로 오는 첫눈, 살아서 눈부신 복수초나 노루귀꽃 같은 은근한 숨결이 되고 싶은 마음, 어쩌면 이것은 류 시인의 자화상이 아닐까.

꽃망울

터뜨리기 전부터

달맞이꽃은

온몸으로

밤하늘을

우러르고 있었습니다
　　—「달맞이꽃」 전문

울컥, 슬픔이 터져 나올 것만 같은 시구다, 달맞이꽃의 고
적한 모습에서 연민을 자아내는 시인의 초상을 만난다.

4

류인성 시인, 그는 안타깝게도 짧은 삶을 마감했다. 그의
시편들에는 짧은 삶을 예감하는 시구들이 유독 많아 보여 안
타깝다. 그러나 이 점도 그의 시 세계의 한 특색이리라.

"극락조 / 흐느껴 우는 밤 / 내 눈물 / 강물 되어 흘러 /
허허바다에 닿아"(「극락조」 부분)
"더 머물 일 없는 내 영혼 / 이제 뭇별 하나 되어 / 돌아
가려 하네, 돌아가려 하네"(「잠든 늙은 어머니의 노래」 부분)
"내 영혼마저도 한 줌 재가 되어 / 태고의 공간 속으로

가뭇없이 돌아가고 있었네"(「왜가리」 부분)

"자는 잠에 스르르 죽어져 / 죽어도 썩지 않고 그대로 / 이제 그만 다른 세상으로 / 나를 데려가도 좋을 나무여, / …… / 하늘 멀리 저 어드메 / 돌아갈 내 고향"(「겨울 산벚나무 아래에서」 부분)

"비와 함께 오는 바람의 / 노래 듣는다면 / 손에 손 이제 맞잡고 / 하늘 가기 우리 좋은 어느 날"(「너도 나도 바람꽃」 부분)

"바라옵건대 / 나의 일생一生 말매미처럼 이렇게 / 고스란히 연소되어지기를 / 고스란히 텅 비어지기를"(「나도 그처럼」 부분)

하나의 강물로, 별로, 재로, 바람꽃으로, 매미처럼 텅 비어지는 것들……. 모두가 허공으로 돌아가는 존재. 허허롭게 삶을 걸어가고자 한 태도가 보인다. 즉 삶과 죽음의 경계에서 욕심을 비우고 바라본 이미지들이다.

그의 시에는 가족들(아내, 부모, 아들)과 고향의 이야기도 잔잔하게 스며 있다.

"아침에 / 일찍 일어나라고 / 아들들 채근하는 / 이유 있다 / 해가 뜨기 때문에 / 뜨는 햇살이 / 원기를 채워주기 때문에 / 작은놈 눈 비비며 치는 / 피아노 소리 / 아내도 들어야 하기에"(「아침에」 선문)

"굳어 있는 마음으로가 아니고 / 덧신은 양말 한 켤레쯤 벗어 / 누군가의 시린 발 감싸줄 수 있는 / 너희는 유연한 마음으로 살아져라"(「아들들아」 부분)

"내 일찍 이번 생生 마감하더라도 // 남은 소원 하나 있다면 // 아내의 그림 같은 행서行書로 어쭙잖은 내 시詩 그려보게 하는 것"(「아내의 행서」 전문)

"아버지의 희디흰 유골을 수습하며 // 당신이 얼마나 고결한 삶을 사셨는지 알았네 // 내 뼈는 또 얼마나 검고 가벼울 것인가"(「아버지의 삶」 전문)

"위 절제 수술 받은 어머니 고향 집에 두고 떠나네 // 마당가의 화훼花卉는 훌쩍 시들었는데 // 어머니 위 다 자라도록 내 근심도 훌쩍 자라리"(「어머니」 전문)

"우연히도 고향에 돌아와 노모께 생일상 받았네 // 고등어 넣은 미역된장국에 눈시울 뜨거워라 // 반백 년 꿈처럼 살았더라, 덤으로 살 반백 년이랴"(「생일상」 전문)

감동적인 삼행시들이다. 가족에게 보내는 시인의 애틋하고 간절한 마음이 잘 묻어나는 시편들. 특히 어머니를 향한

사모곡과 그의 삼행시들은 간결하면서도 단단하여 깊은 울림을 준다.

5

류인성 시인, 그는 이승을 떠났다. 하지만 그의 영전에 시인의 뜨거운 영혼이 담긴 유고 시집을 늦게나마 바친다. 그를 기리는 가족과 친구들의 따뜻한 마음이 담긴 시집이다. 나는 그를 만나 식사 한 끼 함께 못 한 못난 사람이 되고 말았다. 마음에 걸린다. 서로가 바쁘다는 핑계로 피상적으로 그를 대한 것이 안타깝고 미안하다. 생전의 그의 전화 목소리가 오늘따라 생생하다. "선생님, 오는 추석 때 울산 가면 선생님 꼭 찾아뵙겠습니다. 그때 봬요……."

그러나 우린 다시 만나지 못했다. 그를 만나서 그의 짧고 굴곡진 그러나 아름다웠던 삶의 스토리도 듣지 못했다. 이제 다시 볼 수도 없는 류 군이여, 부디 편히 가시라. 이승의 무거운 짐 훌훌 벗어버리고, 편히 쉬시라. '수레가 멈추면 소를 치던' 시인이여, 언제 '김성춘 시 창작 카페'에 다시 한번 들러주시게나. 순정한 시인이여!